CB142302

*Ricardo Azevedo*

# Feito bala perdida

## e outros poemas

editora ática

*Feito bala perdida e outros poemas*
© Ricardo Azevedo, 2007

| | |
|---|---|
| Diretor editorial | Fernando Paixão |
| Editor assistente | Fabricio Waltrick |
| Assessoria editorial | Gabriela Dias |
| Colaboradora | Malu Rangel |
| Coordenadora de revisão | Ivany Picasso Batista |
| Revisora | Cátia de Almeida |

ARTE

| | |
|---|---|
| Projeto gráfico e capa | Ricardo Azevedo |
| Arte da capa | Carlos Diaz |
| Foto | Marcelo Uchoa |
| Editor | Antonio Paulos |
| Diagramadora | Thatiana Kalaes |
| Editoração eletrônica | Studio 3 |

CIP-BRASIL. CATALOGAÇÃO NA FONTE
SINDICATO NACIONAL DOS EDITORES DE LIVROS, RJ.

A988f

Azevedo, Ricardo, 1949-
Feito bala perdida e outros poemas / Ricardo Azevedo. - 1.ed. - São Paulo : Ática, 2008.
96p. :

Contém suplemento de leitura
ISBN 978 85 08 11494-8

1. Poesia brasileira. I. Título.

07-4570.

CDD: 869.91
CDU: 821.134.4(81)-1

ISBN 978 85 08 11494-8 (aluno)

CL: 736045
CAE: 215180

2022
**1ª edição**
**9ª impressão**
**Impressão e acabamento: Forma Certa**

Todos os direitos reservados pela Editora Ática S.A.
Avenida das Nações Unidas, 7221
Pinheiros – São Paulo – SP – CEP 05425-902
Atendimento ao cliente: (0xx11) 4003-3061 – atendimento@aticascipione.com.br
www.aticascipione.com.br

IMPORTANTE: Ao comprar um livro, você remunera e reconhece o trabalho do autor e o de muitos outros profissionais envolvidos na produção editorial e na comercialização das obras: editores, revisores, diagramadores, ilustradores, gráficos, divulgadores, distribuidores, livreiros, entre outros. Ajude-nos a combater a cópia ilegal! Ela gera desemprego, prejudica a difusão da cultura e encarece os livros que você compra.

EDITORA AFILIADA

Escrevi os textos deste livro em diferentes épocas e como não sabia bem o que fazer com eles, abri um arquivo no computador e fui guardando. Um dia, dei uma lida geral e percebi que dali podia sair um trabalho novo. Nasceu assim o livro *Feito bala perdida e outros poemas*. Em tese, pode parecer um livro "para jovens", mas, preciso dizer, escrevi esses textos sem ter na cabeça nenhum leitor em especial. Acredito que os seres humanos, independentemente de faixas etárias, são mil vezes mais parecidos do que diferentes. Somos todos aprendizes o tempo inteiro. Somos todos moldados e constrangidos por culturas, ideologias, pedagogias, crenças e modismos. Além disso, todas as pessoas são mortais e sexuadas, têm mania de fazer perguntas e, mais, independentemente da idade, se apaixonam; mal ou bem tentam se conhecer melhor; vivem tentando se expressar; são corporais; sentem medos; imaginam, duvidam, acreditam e ficam confusas; sentem dores físicas e morais; sentem prazer, são frágeis, sonham e, enfim, vivem tentando dar um jeitinho para ser felizes. Essas igualdades humanas, muito mais do que as eventuais desigualdades, serviram de base e rumo para a criação dos textos que o leitor tem agora em mãos.

O autor

# Sumário

Vida construída no tapa com pedaços de
madeira arame enferrujado e restos de
papelão na beira do barranco
esperando a última tempestade

Vida construída no tapa com pedaços de
madeira arame enferrujado e restos de
papelão na beira do barranco
esperando a última tempestade

# Que bicho é esse?

Que bicho é esse
Que se esconde no escuro?
Que paz é essa
Que desfaz minha mente?
Que sonho é esse
Que destrói o futuro?
Que terra é essa
Que corrompe a semente?

Que bem é esse
Que liberta e escraviza?
Que mão é essa
Que afaga e afoga?
Que gozo é esse
Que o prazer paralisa?
Que lei é essa
Que a esperança revoga?

Que doce é esse
Que transmite doença?
Que fome é essa
Que começa e não passa?
Que credo é esse
Que corrói minha crença?
Que sorte é essa
Que cultiva a desgraça?

Que amor é esse
Que me deixa sozinho?
Que prece é essa
Que a desgraça me roga?
Que vício é esse
Que semeia o caminho?
Que vida é essa
Que não sai dessa droga?

## Alguém

Desmarquem o baile
Desmanchem a noite e seus artifícios
Desliguem espelhos academias e corpos
Desmascarem automóveis adrenalinas roupas sons
  tatuagens grifes e outros games
Acabou a brincadeira
No meio da balada
Alguém
– de bala perdida, briga, droga, roleta-russa, racha
  ou outra iniquidade –
Acaba de morrer
no pouco que resta da cidade.

# Musculatura natural

Por fora: bíceps botox liftings and piercings
Pele dura anestesiada por lipos silicones e grifes
Poses malhadas em performances hormônios anabolizantes
Óculos escuros em busca de luz diante do breu

Por dentro: dúvida desejo culpa contradição e tédio
Medo no peito por conta de sentir tanta emoção
Controle de televisão espelhos computadores o tempo inteiro
Desesperanças e sonhos infiltrados na musculatura
natural do coração.

## Questionário de cunho pessoal

Quem dirige os passos que dou?
Quem sabe onde quero minhas mãos?
Quem determina os sonhos que tenho?
Quem decide o que enxergam meus olhos?
Quem escolhe as palavras de minha boca?
Quem controla o que sinto?
Quem domina meus desejos?
Quem comanda minhas crenças?
Quem projeta e constrói minha estrada?
Quem autoriza as ideias dentro de mim
E governa, enfim, e faz um Eu
De um ato que deveria ser só meu?

## Ordenaram que eu pensasse o que quisesse

Ordenaram que eu pensasse o que quisesse
Exigiram que eu sentisse só prazer

Obrigaram-me a ser livre e independente
Decidiram meu destino e meu saber

Comandaram dentro de mim planos e sonhos
E impuseram uma razão para eu viver.

## Educação pela ênclise

Afagam-me porém sufocam-me
Sustentam-me mas abandonam-me

Ensinam-me porém confundem-me
Explicam-me mas alienam-me

Dirigem-me porém desprezam-me
Criticam-me mas desconhecem-me

Protegem-me porém rejeitam-me
Libertam-me mas domesticam-me

Conduzem-me porém enganam-me
Educam-me mas enlouquecem-me.

## Mergulho

Preciso urgentemente de um oceano
Necessito um mar imenso
Procuro uma represa
Pode ser um rio um riacho
Ando em busca de um córrego
Quem sabe um lago
Uma lagoa
Aceito uma piscina
Um poço
Um tanque
Uma banheira
Um balde
Serve uma poça aberta no chão.

Se por acaso encontrar o que procuro
Juro que mergulho ali e nado.

# Grogue

Sonho poder voar dentro do chão
Acho meu pensamento não sei quando
Sei que não sei que sim mas talvez não
Vou depressa demais quase parando

Sério que falo sério enquanto minto
Masco palavras moles feito mosca
Às vezes sinto e não sinto o que sinto
Vivo numa paisagem frágil e fosca

Paro diante do espelho e não me encontro
Finjo que sei quem sou mas não dá certo
Tento cruzar os trilhos meio tonto
Um trem passou raspando de tão perto

Perco o fio da meada a toda hora
Respondo sempre questões que não escuto
Quando quero ficar já fui embora

Noto que tudo em mim dura um minuto
Preso num labirinto aqui agora
Não sei como dar o fora e fico puto.

# Entrei pelo orifício

Entrei pelo orifício
Só me resta o santo ofício

Seja vício ou sacrifício
Seja ou não ele propício

De inventar um artifício:
dessa vida um exercício.

Sem ser fácil nem difícil
Meu destino é um precipício

E meu canto feito míssil
Vai furando o edifício.

## Essa repetição

Não aguento essa voz
Esse modo de ser
Essa mesma palavra
Esse mesmo refrão

Não tolero esse corpo
Essa carne esse osso
Esse jeito sem jeito
Essa constatação

Não consigo engolir
Essas velhas ideias
Essa doce esperança
Essa triste ilusão

Não suporto encarar
Esse rosto me olhando
Esse enigma no espelho
Essa repetição.

# Feito bala perdida

Crianças sem eira nem beira comendo
    o lixo nosso de cada dia

Sonhos de propaganda & marketing
    resfolegando em busca de todos os cios

Utopia reduzida a viver para ter mais e mais lucro

Lindas moças esqueléticas alimentadas por espelhos
    de mentira

Elite fraudulenta formando e contratando
    técnicos acríticos

Cachorros produtos e pessoas disputando espaços
    em capas de revista

Alegria artificial obtida através de drágeas
    drogas e dreams

Gente disposta ao câncer lutando alegremente para
    encher o cofre dos fabricantes de fumaça

Felicidade televisiva entorpecendo corações e
    mentes

Paz transformada em consumismo e outros bingos

Donos do poder especializados na criação e
    exploração de mão de obra escrava

Indústrias de educação replicando consumidores
desempregados e carecas do abc

Modos de ser ter e viver determinados por nossos
patrocinadores

Vidas a esmo ricocheteando no espaço
feito bala perdida.

## Metástase

*A novidade*
*Que tem no Brejo da Cruz*
*É a criançada*
*Se alimentar de luz*

"Brejo da cruz", Chico Buarque

Dormir para dentro do sonho ver brotar do fundo do armário procissão esfarrapada de velhos mendigando moços feridos no peito bêbados cambaleando crianças trocando sexo por comida meninos esqueléticos tropeçando em malabarismos grotescos camelôs desempregados biscateiros vendendo a própria mãe jovens chapados doentes de droga meninas grávidas com televisores entranhados na cabeça famílias jantando lixo cercadas de cheiros de latrina e nuvens de ratos e mosquitos disseminando malárias dengues cóleras e berros de fome em alto-falantes ganindo compre isso compre aquilo e no sonho perceber o cortejo parar em volta da cama com facas arames farpados pedras estiletes e giletes e de repente da multidão uma criança levantar voo depois outra e depois um homem uma mulher um velho uma velha uma moça e outra mulher e outro menino e logo a massa inteira despregar-se do solo e brilhar contra o céu do quarto e revoar no azul executando movimentos sincronizados e a cama balançar e o quarto balançar e a casa balançar e a rua e a cidade desarraigada e a atmosfera balançar e adquirir espessura de assombro e sombra e sangue e os corpos pobres pretos pobres mestiços pobres brancos pobres corpos de todas as cores executarem coreografias exóticas e aviões estrelas cadentes perfurando prédios precipitarem-se sobre os paralelepípedos e cartazes de propaganda explodirem feito homens-bomba entre mães e pais e filhos e automóveis e coisas e troços e trecos e trastes e tiros trombando no tráfego do tráfico aéreo e a noite desabar descontrolada de vácuos e ventos e gentes e gritos e sussurros e sons e sopros galopando desencontrados e as árvores desgovernadas e as aves incendiadas e as florestas desarvoradas voejarem a esmo e os rios fluírem às avessas e os edifícios as casas as pontes escorrendo nos horizontes e as leis da física desafiando postulados anunciarem o dia da grande metástase.

## Tempestade

Luta de vida ou morte dia e noite sem armas
toda hora sem chance todo tempo

Sonhos dependurados em ônibus superlotados
sacolejando por vielas absurdas

Doenças companheiras amigas íntimas parasitas
habitantes inseparáveis do corpo

Desejos vira-latas latindo em busca de um prato
de comida

Tempo lerdo devastado em filas quilométricas

Ânimo de pé no chão mendigando luz aqui e ali

Pedagogia focada na formação de escravos ou
escravocratas

Saudade do amor virando pó numa paisagem com
árvores de vento

Esperança feito vela acesa no toco

Direitos, se Deus quiser

Labirintos diários meandros infinitos incompreensíveis
em busca de serviço temporário

Vida construída no tapa com pedaços de madeira
arame enferrujado e restos de papelão
na beira do barranco esperando
a última tempestade.

## Pergunta feita por bicho

Pergunta feita por bicho
Responda quem for capaz
Seria o tal ser humano
Esse lixo que ele faz?

## No panorama das probabilidades

Tiros à queima-roupa razoáveis presumíveis
claramente justificáveis

Assaltos e sequestros a mão armada previstos
obviamente anteriormente perfeitamente
naturalmente

Índices de abusos ofensas e agressões toleráveis
corriqueiros cotidianos e compreensíveis

Corrupção maracutaias e bandalheiras
classificadas como "mas todo mundo faz!"

Iniquidades injustiças e humilhações
consideradas aceitáveis do ponto de vista
estatístico

Assassinato roubo e violência dentro dos padrões
de normalidade

Fome miséria e ignorância costumeiras programadas
naturalizadas e transmitidas hereditariamente

Moralidade sanguessuga safada podre conivente
nefasta incorporada à vida cotidiana e ao pão
nosso de cada dia

Cães enlouquecidos depredando violentando e
matando aleatoriamente inseridos no panorama
das probabilidades.

# Presságio

Um de nós terá o corpo
Cheio de prazeres
Calmo
Num destino
Transparente

Os demais terão a noite
Como companheira
Fria
E na boca
O gosto morto
De esperar em vão.

# Riqueza às avessas

Procuro uma lente que proteja meus olhos
    dessa miséria que me rodeia absoluta

Não pretendo fugir mas confesso:
    temo ficar cego diante dessa riqueza às avessas

Ando em busca de algo que me dê força
    mas que fazer dessa impotência que me fere
    e fustiga?

Sou cúmplice, eu sei, desse espetáculo cotidiano
    que de ponta a ponta me consome

Reconheço que sou tolerante acostumado
    complacente mancomunado conivente
    comprometido condescendente

Queria ser feliz para poder brincar de fabricar
    biscoitos adocicados de esperança

Queria ser belo para possuir o corpo sem as marcas
    e carregar no rosto o riso alegre das revistas

Mas como preservar incólume o organismo
    dos meus desejos se carrego a máquina do sonho
    infectada por circunstâncias tão adversas?

# E agora, meu?

*E agora, José?*
*A festa acabou,*
*a luz apagou,*
*o povo sumiu*
*a noite esfriou*

"José", Carlos Drummond de Andrade

E agora, meu?
A balada dançou
A parada miou
O bochicho morreu
O barato melou
A moleza acabou
E agora, meu?

E agora, você
Que não sabe quem é
Que não sabe o que sente
Nem sabe o que quer
Que não sabe onde está
Onde vai, de onde vem
E agora, meu?

Seu pai deu o fora
Mamãe se mandou
A família explodiu
A galera pirou
E o sonho ruiu
E a grana torrou
E a casa caiu
E agora, meu?

E se você largasse
Dessa barca furada
Se chutasse a barraca
Se enfrentasse a roubada
Se quebrasse a bocada
No gogó mano a mano
Na pior na porrada
Sempre levando cano
Sem pneu nem estepe
Sem dinheiro nem cheque
Na maior incerteza
Mas sentindo firmeza
Todo meio lesado
Que se estrepe moleque
Na moral tá ligado
Só na manha do rap?

Mas você tem medo pô!
Na boa, cara!

Em cima do muro
Na marra no duro
Sem olho sem lance
Sem sorte nem chance
Sem casa e comida
Lambendo ferida
Sem eira nem beira
Pensando besteira
Bancando o bacana
Devendo uma grana

Sem plano sem prumo
Sem rota nem rumo
Zoado zoeira
Noiado podreira
Chapado perdido
Ferrado fodido
Você vai, cara.

Pra onde, meu?

Planejei jamais conhecer você
Mas sinto sua presença
rondando tudo o que faço

Planejei jamais conhecer você
Mas sinto sua presença
rondando tudo o que faço

## Secretária eletrônica

Você não ligou para o número 765 4321
Mas estou aqui e posso atender
No sol na chuva no vento
Na terra no mar no ar
Na hora H
Na hora do lobo
Na hora da onça beber água
Na calmaria no carnaval
Antes depois e durante o vendaval

Não deixe por favor recado nenhum
Venha ao vivo mesmo
Surja em carne e osso
Traga cabeça membros e o tronco
Onde um dia faz tempo escrevi
    uma mensagem de amor você sabe como

Apareça carregada de certezas atrozes e
    dúvidas absolutas
Bata à porta cheia de culpa prazer
    espanto e segredo
Entre com feridas abertas ou cicatrizadas tanto faz
Não tenha medo.

## Palavras

Convido, conclamo, convoco
e se for preciso persigo
implacável as palavras

Grito seus nomes pelas ruas
Telefono para suas casas
Invado dormitórios de vozes e de papel
Arranco-as da cama
Exijo sua presença imediatamente.

Depois identifico, fotografo, interrogo, separo,
catalogo, avalio, comparo, seleciono e emprego
palavras

E escrevo muito
E mudo tudo
E escrevo de novo
E organizo e reorganizo e organizo de outro jeito
E rasgo
E carrego no colo e invento e se for preciso
ressuscito palavras
Amasso jogo fora mas vasculho e chafurdo no lixo
caso me arrependa
De joelhos imploro diante das difíceis que me
dizem não
E brinco e construo e cultivo e destruo e recrio e
recorto e crio e corto e sento e acrescento por
cento pela centésima vez

Tudo é importante
Tudo é imprescindível
Preciso transformar o buraco dentro de mim
    num poema para aquela que carrega na palma
    da mão todas as minhas razões para.

# Vida e mundo

A chave de fenda vive de enxergar parafusos
O serrote sonha troncos tábuas e outros desejos de madeira
O martelo encontra pregos em tudo o que vê
Da minha parte, confesso, ando confuso
Procuro fugir de qualquer maneira
Mas olho vida e mundo e só vejo você.

# Espaços do jardim

Olhos acesos iluminando
    rodovias imprevisíveis

Ideias concordo com absolutamente tudo

Corpo a fruta mais doce
    dessa e doutras amazônias

Mãos posso beijar suas mãos?

Gestos de deixar o tempo
    parado pasmado no ar

Boca melhor nem falar

Pés preciso compreender
    onde me levam essas pegadas

Palavras voando longe aqui mesmo

Flor desabrochante invadindo os espaços
    vivos e mortos do jardim.

## Caminhos camuflados

Palavras têm asas duplas e revoam
insondáveis por caminhos camuflados

Se pergunto: posso sentar?
quero dizer: preciso conhecer você melhor.

Se pergunto: costuma vir aqui?
quero dizer: preciso saber de onde você vem, para
onde você vai, onde e como você vive.

Se pergunto: seu nome?
quero dizer: quem é você, quando é você, onde é
você, como é você, por que é você?

Se pergunto: o que você faz?
quero dizer: do que você gosta, do que precisa, o
que deseja, o que sonha, com quem sonha, do que
se esconde?

Se pergunto: posso ver você de novo?
quero dizer: tem um lugarzinho aí pra mim?

# No jardim da minha rua

No jardim da minha rua
    crescem margarinas e violências.

As pessoas passeiam e morrem de balas perdidas
    e os pássaros coloridos fogem para inumeráveis
    cantos.

No jardim da minha rua
    perambulo perplexo entre cartazes de propaganda.

Pisando nos pés-de-esperança que brotaram murchos
    vivo em busca do meu amor.

Mas cadê seus olhinhos?
O gato comeu

Cadê seu corpinho?
O fogo queimou

Cadê seu calorzinho?
Um vento errado danado safado malvado levou.

# Amor esquizo

Vamos atrás da porta
Vamos dentro do armário
Vamos indiferentes
Transar o nosso amor

Estranho amor esquizo
Amor assim por dizer
Afinal eu nem te amo
O que eu sinto em mim é fome
Como era mesmo o seu nome?

## Saber quem é você

Saber quem é você não sei por quê
Se sente espanto ou medo ou se é feliz
Se abre o peito ou cala algum segredo
Se dorme em paz ou vive por um triz

Saber seu gosto ou não saber pra quê?
Se tem prazer ou tédio tanto faz
Se pra viver engole algum remédio
Se quer sonhar mas sente-se incapaz

Saber se você ri ou não por quê?
Se é alegre ou triste pouco importa
Se vai à luta ou finge ou se desiste
Se sua vida é boa dura ou torta

Saber se você chora ou não pra quê?
Se traz no coração luz ou ferida
Se leva uma esperança em cada mão
Se quer viver ou quer fugir da vida

Saber sobre você não sei por quê
Minha viagem eu vivo só pra mim
Quero ver sim se vou levar vantagem
Quero só ver se vou ganhar no fim

O resto é resto e resto eu jogo fora
Seja você pessoa coisa ou bicho
Se crê, deseja ou sente – numa boa –
Depois que eu pego e uso vai pro lixo.

# Você disse que me ama

Você disse que me ama mas eu pergunto:

O que significa exatamente esse amor?
Quais são suas principais características?

É possível calcular uma porcentagem?

Descreva sua aparência.

Nasceu como?
Sobrevive de quê?

Para que serve?
Representa algum inconveniente?

Requer esforço ou sacrifício?
Que peso e tamanho tem?

Que vantagem propicia?
De que se alimenta?

É seguro?
Devo usar de que forma?

Vem acompanhado de prazo de validade?
Tem futuro previsível?

Certificado de garantia?
Quanto vai custar?

Chorando por quê?

## Ver para crer

Não prometo amar
Não prometo ficar
Não prometo voltar

Prefiro primeiro conhecer
Segundo conversar
Terceiro perceber

Depois talvez eu diga
Não prometo amar

Prometo não amar
Prometo não ficar
Prometo não voltar.

## Azul

Ele chegou diferente
De tanto amor que sentia
Disse fulana isso é impossível
Ocultar meu desejo
Enganar o meu coração

Ela ficou mais bonita
Olhou o cara nos olhos
Disse fulano eu já tinha notado
Eu também estou querendo
Acho que vai ser bom

Os dois então se encontraram
Duas pessoas na vida
Enquanto a lua luzia
Enquanto o tempo parava
Enquanto a noite inventava o azul.

## Uau

Olhei você papum
Estou apaixonado
Só que você nem tchum
Fiquei encalacrado

A vida às vezes crau
Me rasga e rói corrói
Tento fugir mas uau
Como a saudade dói!

Você voltou e póim
Sorriu pra mim também
Algo me diz legal
Que agora tudo bem!

## Rua que sobe e desce

Se quiser um pouco de amor
vem aqui que eu dou

Se quiser encontrar carinho
eu sei o caminho

Se quiser falar de você
eu escuto e ouço

Só não posso e não quero
cair no fundo do poço

Se quiser conhecer o mundo
eu viro Raimundo

Se procura um pouco de paz
eu prometo mais

Se deseja meu endereço
(isso eu mereço)

É na rua que sobe e desce
vê se aparece.

## Pior espécie

Somos da pior espécie
Dos que não merecem
Nessa vida se encontrar

Somos e o tempo vai apagar
As coisas que não
Os sonhos que eu
A vida que nós
E o nosso amor.

# Saudade

O s de minha saudade
é serpente que sufoca sorrateira

O a de minha saudade arrebenta e arde

O u urge urgente urgentíssimo

O d dói devastador

O outro a: ai!

Enquanto o último d
deseja desconcertado dentro da dor

Lá longe um e encalacrado espera.

## Por que não vens

Por que não vens
se os ponteiros do relógio já rodaram exaustos
pelas avenidas circulares?

Não vens por que
se um buraco dentro do corpo cresceu e vazou
feito uma noite que ninguém estanca?

Por que não vens
se a alma virou concreto armado, arame farpado e
pedra e não se lembra mais daquele tempo tenro
e tosco?

Não vens por que
se os mecanismos de carne osso sangue e sonho
recusam-se a funcionar e os painéis de controle
só registram palavras desconexas?

# Minha caligrafia

Quando eu era pequeno
escrevia a letra c de forma errada
Trouxeram professores lições e exercícios
Continuei cultivando minha letra ruim

Meu mundo e meu c caíram no terceiro ano primário

A professora nova pertinho de mim desenhou a letra
para mostrar como era

Depois suas mãos seguraram as minhas e juntos
escrevemos reescrevemos fomos giramos voltamos
subimos sorrimos descemos de novo outra vez
de novo outra vez outra vez como aquilo era bom!

Energias luminosas surgiram entre o corpo da
professora e o meu
Suas palavras de mulher carregavam uma beleza até
então desconhecida
Lembro de uma floresta inteira brotando no terreno
minúsculo da minha vida

Sei que aprendi a escrever o c direito para agradá-la
Para que gostasse de mim
Para que um dia ela me levasse para onde só deus e
o diabo sabem

Emissários de um calendário sem cura vieram
anunciar a diluição

Voltei a escrever o c de forma errada
Pior: de a a z minhas letras viraram garranchos de
  ridícula caligrafia

Hoje mais do que nunca necessito de mãos
  segurando as minhas
Do calor de um corpo encostado ao meu
De alguém que me leve para onde só deus e o diabo
sabem.

## Torrente

Planejei jamais conhecer você
Mas sinto sua presença rondando tudo o que faço

Imaginei viver a quilômetros de distância
Mas e esses olhos acesos brilhando na minha frente?

Julguei que conseguiria pensar em outra coisa
Mas que fazer dessa imagem que recorrente me visita?

Rezei para esquecer sua voz
Mas os pássaros do pensamento não cansam de
 cantar seu nome

Fiz o impossível para não sonhar
Mas cá estou às voltas com devaneios desejos
 e presságios

Prometi demonstrar o contrário do que sinto
Mas como tirar o calor da sua pele de minhas mãos?

Jurei a mim mesmo nunca mais mergulhar nessa
 torrente
Mas eis-me aqui agora de mãos postas implorando.

## Ofertório

Tenho pouco a oferecer
    além desses olhos que desde já são seus

uma boca de frases desconexas perguntas e silêncio
pulmões usados mas em bom estado (acho)
    de conservação

um coração discreto e volúvel que por vezes sai do
    ritmo (principalmente por você)

sonhos incontáveis
uma cabeça feita de ideias e dúvidas

duas mãos limpas porém sinceras
orelhas a postos para sua voz

braços de quem trabalha com a cabeça
sexo seguro relativamente honesto

pés que caminham sabe Deus como
    para onde e até quando.

Sou especialista no que não existe
Tenho larga experiência em coisa alguma
Venho estudando meticulosamente o nada
O que não foi, o que não é, o que não pode
nem poderia ser

Sou especialista no que não existe
Tenho larga experiência em coisa alguma
Venho estudando meticulosamente o nada
O que não foi, o que não é, o que não pode
nem poderia ser

# Vozes do meu coração

Palavras vão
Feito balas perdidas
Sem rumo nem direção

Levando tudo de mim
Quase nada
Só um mistério na mão

E quando encontram um destino
Lá longe ou logo na esquina
Sina

Viram poemas
São vozes do meu coração.

# Uma

Sinto sem dúvida alguma
Que essa vida é pedra e pluma

Cheia de luz e de bruma
Feita de espanto e de espuma

Inesperada costuma
Dizer que tudo se arruma

Vai feito coisa nenhuma
Nunca diz pra onde ruma

Talvez um dia ela suma
Pena que seja só uma.

## Ontem e hoje

Ontem os relógios latiram por causa de nada
Os cachorros seguiram seu destino mecânico
O telefone como sempre foi engano

Um carro passou
Um desejo passou
Um vento passou
Eu e meu pensamento tropeçamos

Hoje as palavras permanecem paradas debaixo do sol
As árvores ensaiam sua dança escrita no chão
Os sonhos correm feito rios em busca de um mar
   inexistente

Passou outro carro
Passou outro desejo
Passou outro vento
Eu e meu sentimento tropeçamos.

## Pelos corredores do edifício

Vive comigo desde sempre
Não sei se é doença
Ou marca de nascença

Não foi tiro tombo trauma
Não é mera tristeza ou abandono
Sou seu dono só isso

Às vezes some na paisagem dentro de mim
(é quando surgem momentos de liberdade e prazer)
Contudo não me iludo

Sei que está perto e que me espreita
Sei que é produto certificado e garantido
Sei que seu corpo insondável
sem face nem contorno é fato sem nexo

Pode ser estrela afogada numa lagoa dentro de um saco plástico

Sinto que sussurra pelos corredores do edifício que sou

Pode ser flor que me seduziu deitou-se comigo e me infectou

Sinto que perambula pelos aposentos de mim

Pode ser bala que se perdeu e agora vive à procura de um alvo

Por dentro me divirto com sua absoluta falta de sentido
(ou me assusto quando grita prende e arrebenta)

Por fora levo minha vida como sempre

Sei que aprecia brincar de esconde-esconde
Sei que domina seu dono quando quer
Sei que me leva não sei para onde mas eu vou.

# Liberdade

O l de liberdade é lúdico louco libertário
mas o i incomoda

O b de liberdade berra aos brados
mas o e envelhece e ensina

O r rompe regras
O d decide detonar duzentas e duas dezenas de
dúvidas

O a aspira autonomia
O outro d diz: depende!

Enquanto isso, o último e espia espera e expia
espantosamente.

## Simplesmente não me perguntaram

Simplesmente não me perguntaram
    se eu queria ficar
Nem ao menos me deram chance de escolher
Afinal talvez eu nem tivesse nada a dizer
Talvez dissesse apenas que sim
Acho que sim

Mas sinto que gostaria de saber
Que eu poderia ter dito não

Como sei que há rios que secam no leito
Como sei que paixões nunca têm raízes
Como sei que há sangue dentro de sonhos
Como sei que eles foram muito felizes

Mas isso também não tem lá muita importância.

## Das coisas incogitáveis

Sou especialista no que não existe
Tenho larga experiência em coisa alguma
Venho estudando meticulosamente o nada
O que não foi, o que não é, o que não pode nem
poderia ser

Vejo pessoas empenhadas na praticidade
Só se interessam por sonhos lógicos e mensuráveis
Querem calcular o ser o estar o permanecer e o
ficar no mundo
O que é real e útil ou dá para controlar na mão,
eu não!

Busco a revelação inexorável do indizível
A certeza indiscutível do inominável
A comprovação inefável do inexistente
A prova evidente das coisas incogitáveis.

# Cadáver

*Pus meu sonho num navio*
*e o navio em cima do mar;*
*– depois, abri o mar com as mãos,*
*para o meu sonho naufragar*
"Canção", Cecília Meireles

Entrei por dentro de mim
Fui em busca do meu sonho
Encontrei-o descansando na sombra de uma árvore

Saquei o revólver e descarreguei a munição em seu
corpo indefeso

Depois, com uma pá, abri uma cova e enterrei meu
sonho no chão

Saí para fora de mim

Agora sei que jamais serei o mesmo
Agora sei que o mundo virou outro mundo

Uma espécie de cansaço veio habitar minha alma
fraturada
Sinto menos força, menos luz e menos paz

Sei que envelheci mas sei que sem aquele cadáver
enterrado dentro de mim
eu não poderia continuar.

# Quando eu era mais velho

Quando eu era mais velho
eu vivia lembrando que não fui

Que não fiz que não vi que caí que calei
que deixei que fugi

Quando eu era mais velho
eu não tinha esperança no futuro

E por isso lembrei que tentei
que perdi que chorei que sofri

Quando eu era mais velho
eu vivia na vida amargurado

Quando eu era mais velho
eu agora já sei que andava errado.

## Sim, mas...

*Penso... logo existo. Mas quem sou eu?*, Gian Calvi

Penso logo existo
mas quem sou eu?

Que espaço é esse que eu habito e que me ocupa?
Que imagem é essa atônita diante do espelho?

Respiro gozo sofro sonho temo busco duvido, sim,
mas quem são essas pessoas falando em torno
de mim?

Sigo volto procuro luto paro encontro perco, pois é,
mas que faço desse caminho trilhado pé ante pé?

Sei que penso
só não sei em que assunto.

Sei que existo
mas quem foi que comeu o meu presunto?

## Encontros noturnos

Penso no sonho feito de carne
Sonho doce indolente
Massa quente

Penso no pesadelo que cega a garganta
Sufoca os olhos
E finge que mata mas não mata

Penso no caminho que não termina
No movimento em câmara lenta enquanto o
    cachorro louco se aproxima
Na palavra de cimento entalada no esôfago

E a imagem invertebrada
Obstáculo obtuso obscuro absurdo?
Penso no sonho feito enigma indecifrável

Penso no labirinto de paredes erguidas no nada
Numa colônia penal aberta sobre a paisagem
Na força que desaba e castiga feito uma noite que
    respira

E os barcos paralisados que não querem chegar?
E os automóveis que relincham, galopam e dão
    coices pelas avenidas?
E os mergulhos em precipícios involuntários?

Penso na fruta gostosa de polpa indescritível
No emaranhado de corpos e mãos e bocas úmidas
que se entrecruzam mergulhados em oceanos
insondáveis

Penso em sonhos como encontros noturnos comigo
mesmo.

## Estrela

Há no ar
Uma luz
Voa em mim
Estrela

Abre o meu
Coração
Semente
De um sonho

Viajar
Sem partir
Descobrir
O mundo
Inteiro
Por dentro
De mim

No fundo
Da noite
Quem brilhou?
A vida.

# Árvore

O percurso da árvore
A cabeleira desigual
O silêncio gritante
O desenho animado da sombra
Os movimentos sedutores de bailarina prisioneira
A música impalpável solta e concreta do vento
A ponta retesada de madeira
Intercurso que penetra e brota da terra

A ideia simples da árvore:
fecundar e ser fecundada
germinar
crescer
florescer
perfumar
frutificar
amadurecer
apodrecer
dançar
viver

## Universos

E se o mundo fosse o átomo de um emaranhado de
células formando um corpo e esse corpo fosse
o universo e o universo fosse um cachorro pronto
para matar outro cachorro por causa de uma cadela
no cio?

E se o mundo desses dois cachorros fosse o átomo de
um emaranhado de células formando um corpo e
esse corpo fosse outro universo
e esse universo fosse um cachorro pronto para matar
outro cachorro por causa de uma cadela no cio?

E se universos de cachorros prontos para matar ou
morrer por causa de cadelas no cio
formassem uma cadeia infinita?

## Uma vida inteira pela frente

Quando notamos que estamos no mundo
Temos uma vida inteira pela frente
Mas já nascemos faz tempo.

Se um dia a morte vem bater à nossa porta
Apressados tentamos compreendê-la
Mas agora é tarde.

Entre um começo involuntário que nos pega de surpresa
e um desfecho incomunicável esperado e imprevisível
tudo acontece.

## Acho que sim

Acho que acredito em Deus
Não é impossível que exista
uma espécie de força
Um tipo de luz
Uma sabedoria pairando acima de tudo

Talvez quando eu me conhecer melhor
Deus chegará mais perto de mim

Talvez quando todos os homens da terra estiverem
mortos
Deus também esteja morto

Por enquanto, não tenho certeza de nada
Nem sei, por exemplo, se devo escrever Deus
ou deus

Tenho certeza de tão pouca coisa
Quase não entendo nada
Raramente sei o que sinto

Vivo feito um paralelepípedo rolando selvagem
pelas ruas sem compreender direito o que
acontece quem sou, de onde venho, para onde vou

O que sinto ou melhor o que penso
ou melhor o que sinto que penso

É que, às vezes, acredito em Deus
Acho que sim.

# Ideias que prendem

Ideias que prendem
  são papéis que decoramos feito atores
  são cópias de fotocópias de cópias de sonhos
  sentimentos, palavras e gestos coagulados.

Ideias que prendem são camisas de força.
Fios que conduzem fantoches.
Fábricas de destinos paralisados
  impotentes diante do inesperado.

Ideias que prendem permitem
  parar de pensar nos problemas antes de
  solucioná-los.
Facilitam, amolecem, descomplicam
  mas castram.
Seduzem enquanto corrompem.

Ideias que prendem
  são drogas que domesticam.
Comidas que nos transformam em cães.
Coleiras que nos devoram pela garganta.

## Prisioneiros da liberdade

Prisioneiros da liberdade não distinguem
Mentiras verdades mares terras ares
Perambulam por estradas relativas
Sem vislumbrar fronteiras entre lugares

Prisioneiros da liberdade não conseguem
Diferenciar dor de caos demência e consciência
Sofrem à toa e trocam paz e vida
Por guerra e morte (ou outra experiência)

Prisioneiros da liberdade não enxergam
O que separa o nada do existente
Largam o complexo e louvam o que é prolixo
Cultivam lixo achando que é semente.

## A gramática do caminho

Deve haver um meio
Uma estrada uma trilha
    que desemboque no que há-de-ser

Mesmo contraditório e absurdo deve haver
Pode haver um método seguro

Seria melhor, claro, conhecer a gramática do caminho

Talvez ela não exista

E se por exemplo o chão do percurso surgir
    durante a viagem
    depois e somente depois de cada passo?

E se por exemplo o caminho for mera virtualidade
    à espera de ser trilhado para ganhar vida?

E se por exemplo não for nada disso?

O certo o que sei e sonho e quero
    é criar uma ponte uma veia que supere o vão
    o vazio o vácuo entre o que sou agora
    e o futuro que ainda desconheço.

## Pássaro

A verdade não se prende em gaiola
Não se derruba com tiro
Nem se mata para comer

A verdade apresenta espécies variadas
Sua roupagem é transparente embora opaca
Seu bico reinventa todos os cantos

A verdade voa para opostas direções
Tem usos e costumes contraditórios
Pousa inefável em galhos imensuráveis

Invisível, a verdade é infinita a olho nu
Pode existir de múltiplas maneiras
Sua beleza esconde ensina ilumina e confunde

A verdade é revelação rude e selvagem

De seu corpo inconstante transcende lento e veloz
O pássaro que jamais imaginamos.

## Sim ou não?

Poesia com acabamento laboratorial à prova d'água loucura choque orgasmo morte sonho paixão ou outro ferimento.

Poemas esterilizados tratados como unidades verificadas controladas produzidas plastificadas empacotadas e distribuídas com certificado de garantia.

Palavras lógicas uniformizadas milimetricamente coaguladas num vendaval automático de triagem computadorizada.

Linguagem prolixa intencionalmente obscura autorreferente singular incompreensível dirigida a um público de leitores peritos técnicos diplomados e demais autoridades.

Frases objetivas impessoais paridas a fórceps amamentadas por meio de rigoroso controle de qualidade.

Versos desenvolvidos como máquinas autônomas impressos em papéis exatos e higiênicos.

Rimas eventuais fecundadas a partir de inseminação artificial pré-programada virtualmente.

Poetas de avental branco operando úlceras inexistentes equipados de instrumentos de precisão: sim ou não?

## Animal inefável

Sentir ou ter esperança, não sei.
Sonhar, desejar, inventar, planejar,
preparar, construir, sim.

Mas esperança, não exercício de pensamento abstrato
Teoria neutra, coerente, lógica e impessoal.

Penso na esperança do corpo da mulher
Carne quente, espaço sensível, flexível, interessado,
frágil, ambíguo e generoso na sua fertilidade
mutante.

Abraçar e cuidar do corpo da esperança
eis o que mais quero: beijar seus seios conhecer e
amar seus ensejos desejos e sobejos palmo a palmo.

Tratar da esperança como quem trata da terra.
Não só da terra: do campo, da floresta, do rio, do céu,
do mar, da montanha, do sertão, da cidade,
do mundo e seu destino.

Sábios às avessas chacoalham dentaduras céticas
do alto de castelos esquemáticos

Confundem a esperança com seu saber abstrato
feito de análises, hipóteses, objetividades,
estatísticas e outras veleidades.

Esperança é fruta prenhe de inteligência.
Viver para constatar o óbvio – a morte –
É não ver a viagem do acontecimento agora

e agora a esperança é um animal inefável que voa
no cio.
Agora é a hora da construção do que no futuro
ninguém sabe.

O desejo de escolher o caminho fecundo para a
viagem do hoje rumo ao que há-de-vir tem nome:
esperança

Vejo a esperança como fêmea que flutua distante e
vive ao meu lado.
Tento existir para ser seu eterno aprendiz
e namorado

Quero penetrar e plantar no corpo da esperança
(construção absurdamente precária humana
efêmera e bendita) tudo o que fui e sou e sei e
serei por toda minha vida.

## Duas poéticas

Há poemas que ferem suscetibilidades
Derrubam consciências
Estupram casas
Arrombam muros
Desmancham prazeres

Outros falam o que se espera ouvir
Enchem a paisagem com as amenidades e ideias de sempre
Usam frases de vaselina
Imagens artificiais coloridas à mão

Há poemas que transmitem desconforto
Rasgam fantasias, abrem feridas
E com discursos de gilete
Deixam costumes sonhos e entranhas expostos à luz do caos

Outros entorpecem mentes
Têm respostas prontas para qualquer pergunta
Distorcem dados e dúvidas
Permitem que nossas crenças permaneçam intactas

Os primeiros julgam conhecer a verdade
Falam grosso, dão porrada na mesa
Cospem em nosso rosto palavras de sangue
    arrancadas a fórceps

Os segundos fazem voz de panos quentes
Sussurram: "dorme filhinho do meu coração"
E nos embebedam com seu líquido tosco,
    domesticado e previsível.

## Poesia na veia

*Qual é o lugar da arte na vida de todos nós? Até que ponto é importante cultivar a individualidade? Com a vida cada vez mais fragmentada que levamos, onde se esconde o lirismo?*

Descubra as respostas para essas e outras questões na entrevista a seguir, realizada com o autor Ricardo Azevedo.

*O que vem feito bala perdida?*

A imagem "bala perdida" surge em alguns poemas e é utilizada com diferentes sentidos. Uma hora é a bala perdida da violência urbana que anda solta por aí. Mas tem também o poema criado feito bala perdida, dores internas machucando feito balas perdidas e, ainda, a visão de que, de certa forma, somos todos feito balas perdidas atiradas no mundo em busca de um rumo e de um significado para nossas vidas.

*A linguagem ágil e direta dos poemas permeia temas como amadurecimento, desejo, consumo, drogas... Em que medida a escolha do estilo é importante na construção dos poemas?*

Só sei que fujo do discurso complicado. Acho divertida uma frase do psicanalista Fritz Perls sobre o assunto. Para ele, um texto complicado "serve à tríplice função de confundir o leitor, aumentar a autoestima do escritor e obscurecer pontos que supostamente deveriam ser esclarecidos". Claro que a frase é cheia de humor e ironia, mas creio que ela também pode ser bastante verdadeira. No que me diz respeito, sempre procurei fazer uma "literatura popular", no sentido de tratar de temas humanos que me representem e ao mesmo tempo sejam capazes de gerar identificação. Para isso tento utilizar uma linguagem pública, que busque o diálogo com o leitor, que possa ser compreendida e compartilhada.

*Os poemas de* Feito bala perdida *são atuais e conversam de frente com o jovem. Eles trazem também alguns palavrões. Por que você resolveu colocá-los?*

Não escrevi os poemas do livro pensando exclusivamente em jovens. Problemas sociais, restrições e condicionamentos, drogas, dúvidas sobre a vida, conflitos, paixões, alienações, revoltas e contradições são assuntos que dizem respeito a todos nós. Espero que o trabalho interesse a leitores de um modo geral, independentemente de faixas de idade. Quanto aos palavrões, não resolvi colocá-los e acho até que, em geral, esse recurso empobrece o texto, pois costuma ser uma solução fácil e banal. Ocorre que em dois poemas, "Grogue" e "E agora, meu?", eles surgiram do interior do próprio texto, vieram com naturalidade e se impuseram. É hipocrisia não reconhecer que palavrões fazem parte de nossa língua e têm sua razão de ser. No caso dos dois poemas, eram as palavras que cabiam. Seria uma desonestidade retirá-los.

*A maioria dos poemas aborda a realidade de maneira crua, dura, embora haja alguns textos em que certo lirismo perdido aparece. Você acha que ainda há espaço para sensibilidade nos dias de hoje? Onde ela se manifesta?*

Claro que este espaço existe e próprio fato de alguém escrever poemas e, do outro lado, alguém se interessar em lê-los é prova disso. O mesmo ocorre com a música, com a literatura de ficção, com as artes plásticas, teatro, dança, cinema, enfim, com toda a arte. Posso até ser chamado de ingênuo, mas creio que no dia em que as pessoas tiverem a chance de colocar mais arte e poesia em suas vidas, tanto fazendo como fruindo, viveremos num mundo mais humano e menos desigual. A arte tem a extraordinária capacidade de criar uma espécie de identificação, uma sintonia entre todas as pessoas, e isso costuma dar sentido à vida e deixá-la mais bonita e gostosa de viver. Dá para imaginar que uma pessoa que goste de poesia saia por aí explorando gente por causa de dinheiro, matando ou desrespeitando a vida dos outros? Quem faz isso está imbecilizado e desumanizado justamente porque, entre outras coisas, infelizmente ainda não descobriu a arte e a poesia.

*Alguns poemas mostram um eu lírico que não acha espaço para expressar seus sentimentos. Esse é um acontecimento típico das grandes cidades? Ou o lirismo se transformou em individualidade exagerada?*

Creio que conseguir expressar sentimentos e ideias é uma necessidade humana básica, seja nas grandes cidades, seja em qualquer outro lugar. Concordo que num tempo como o nosso, de individualismo insano, em que a valorização exagerada do indivíduo impera, expressar ideias e sentimentos pode criar uma situação paradoxal: todos falam muito e ninguém escuta o discurso de ninguém. Por outro lado, cada um só se interessa por si mesmo, a solidão é geral. A pessoa individualista é essencialmente solitária. Às vezes, até é chamada de "descolada". Descolada porque não está aqui com todo mundo. Está sozinha, sei lá onde, ela e seu próprio umbigo. A tendência do individualista é se isolar dos outros e ficar falando com as paredes. É claro que a individualidade das pessoas é muito importante, mas tento dizer que o individualismo exagerado pode fazer com que a pessoa pense que é o centro do mundo. Daí o sujeito ser levado, por exemplo, a dizer: "qual o problema de a Terra ficar sem água e muito quente daqui a 70 anos? Até lá eu já morri!". Ou então a acreditar que tem liberdade para fazer o que quiser, e o resto que se dane. Infelizmente, os exemplos estão aí: gente que polui e destrói a natureza para aumentar seus lucros; gente que cria e vende produtos que comprovadamente viciam e trazem doenças; gente que anda a cem por hora dentro da cidade e acaba atropelando e matando; gente que explora o trabalho dos outros para ficar mais e mais rico, e assim por diante. A própria corrupção é uma forma distorcida de individualismo. Ora, é preciso dizer o óbvio: todas as pessoas, independentemente de idade, grau de instrução ou classe social, são responsáveis pela sociedade em que vivem, e isso implica deixar os interesses pessoais um pouco de lado e dar uma olhada em volta. O Brasil será um país melhor quando as pessoas deixarem de pensar exclusivamente nos próprios interesses e perceberem que é preciso lutar para construir uma sociedade mais racional, equilibrada e justa. Do céu, pode ter certeza, ela não vai cair.

*O poema "Pelos corredores do edifício" mostra uma pessoa tentando descobrir mais sobre si mesma. A busca do autoconhecimento faz parte do processo de criação? Como se tornar poeta?*

Se já é difícil dizer o que é um poeta, quanto mais como se tornar um. Isso porque existem muitos tipos de poesia e de poetas e esses tipos muitas vezes não coincidem, se contradizem e discordam um do outro. A poesia é marcada pela diversificação, e é ótimo que seja assim. O que sei é que ela quase sempre lida com temas humanos concretos. Você falou em busca do autoconhecimento. É um tema humano concreto e fundamental. Todo mundo, de oito, dezoito, trinta e oito, cinquenta e oito e oitenta e oito anos, vive por aí tentando se conhecer melhor. Sempre digo que um cara de oitenta anos é um aprendiz, pois nunca teve essa idade antes e precisa aprender a lidar com ela. Todos nós estamos sempre amadurecendo, aprendendo, tendo novas experiências, portanto, mudamos o tempo todo. Isso significa que conforme o tempo passa, a gente precisa se conhecer de novo. Faz parte da condição humana essa busca constante de autoconhecimento e por essa razão o tema é recorrente na poesia e em toda a literatura. Assim como as angústias, as paixões, a passagem do tempo, a morte, as questões morais, a busca pelo sentido da vida, a loucura, os conflitos entre os interesses individuais e os interesses da sociedade, as sempre complexas relações com o outro, os sonhos, desejos e delírios, a distinção do que é realidade e o que é fantasia, e por aí afora. Isso sem falar em todo tipo de experimentação com a linguagem que, na poesia, deixa de ser burocrática e oficial e passa a poder ser reinventada. Em resumo, eis por que a poesia é tão rica.

*Carlos Drummond de Andrade, Cecília Meireles e Chico Buarque são alguns dos autores que aparecem citados (direta e indiretamente) em seus poemas. Em que eles influenciam os poemas e outros textos que você escreve? Que outros autores são seus preferidos?*

Poemas costumam influenciar poemas. A partir de uma coisa dita de tal forma, por tal poeta, você aprende um jeito novo de expressar seu próprio sentimento, ou uma ideia ou uma certa visão sobre a vida e o mundo. O texto poético tem a capacidade de abrir as portas e as janelas da gente. Sou leitor de poesia e tudo o que escrevo é marcado pelos poetas que li e leio. Além dos que você citou, leio e releio sempre Murilo Mendes, Ferreira Gullar, Manuel Bandeira, Fernando Pessoa e João Cabral de Melo Neto, para citar apenas alguns.

*Por que ler poesia?*

Sei de gente que diz: "não gosto de poesia", "não entendo poesia", "poesia não serve pra nada", "é coisa de

# Feito bala perdida *e outros poemas*

Ricardo Azevedo

SUPLEMENTO DE LEITURA

Nome ________________________________

Escola ________________________________

_____ º ano ________________________________

editora ática

Entre tiros a queima-roupa e caminhos camuflados, munido apenas de palavras, o poeta fala de conflitos, medos e desejos. Dores e prazeres são igualmente intensos e não passam despercebidos por seu olhar. Vamos refletir um pouco mais sobre os poemas do livro?

mulher", "é pra quem não tem o que fazer"... Confesso que tenho pena de quem pensa assim. Quando os poetas dizem: "Minha mão está suja/ É preciso cortá-la/ Não adianta lavar/ A água está podre"; "O poeta é um fingidor/ Finge tão completamente/ Que chega a fingir que é dor/ A dor que deveras sente"; "Vou me embora pra Pasárgada/ Lá sou amigo do rei/ Lá tenho a mulher que eu quero/ Na cama que escolherei"; "Fazer o que seja é inútil/ Não fazer nada é inútil/ Mas entre fazer e não fazer/ Mais vale o inútil do fazer"; "De manhã escureço/ De dia tardo/ De tarde anoiteço/ De noite ardo"; "Deram-me um corpo, só um!/ Para suportar calado/ Tantas almas desunidas/ Que esbarram umas nas outras/ De tantas idades diversas"; "Uma parte de mim/ é multidão/ outra parte estranheza, solidão/ uma parte de mim/ pesa e pondera/ outra parte delira", eles não estão brincando. Estão tratando talvez sobre os temas mais importantes de nossas vidas, assuntos sobre os quais a gente muitas vezes nem consegue pensar direito, quanto mais colocar em palavras. Acho que a poesia é uma tentativa de colocar em palavras assuntos que não cabem em palavras. Por meio dela, compartilhamos nossos espantos, delírios, paixões, contradições, prazeres, medos, revoltas e dúvidas, ou seja, compartilhamos nossa humanidade. Isso não é pouco! Fico honrado se os poemas do meu livro forem lidos, mas convido o leitor a ler também Carlos Drummond de Andrade, Fernando Pessoa, Manuel Bandeira, João Cabral de Melo Neto, Vinicius de Moraes, Murilo Mendes, Ferreira Gullar, autores dos trechos citados acima, todos eles extraordinários artistas da palavra.